Der Tod des Vaters

Alice Ceresa

Der Tod des Vaters

Herausgegeben, aus dem Italienischen übersetzt
und mit einem Nachwort von
Marie Glassl

DIAPHANES

1

Über diese patriarchale Familie brach der Tod des Vaters herein wie eine ferne Vergletscherung, irgendwo in den nunmehr verlassenen Gefilden, in denen die Familienmitglieder noch immer feierlich die Gesten ihres längst vergangenen gemeinsamen Lebens wiederholen.

Unsinnig zu glauben, die Dinge ereigneten sich hier und jetzt, bloß weil man sich aus gegebenem Anlass versammelt hat, um über einen vorhersehbaren Tod nachzudenken und mittels eines hervorragend organisierten Bestattungsinstituts eine Wachspuppe mit den Gesichtszügen des Vaters dem endgültigen Verfall anheimzugeben.

Vorerst bedeutet dieser Tod nichts als eine vorübergehende Abwesenheit. Andere hatten seinen Todeskampf und die Versenkung in die Abgründe eines alten Körpers, der der wachsamen Gegenwart des Lebens dieses Mannes überdrüssig geworden war, miterlebt; andere haben für ihn die Aufgabe auf sich genommen, jene wieder zu lebloser Materie gewordenen Glieder neu zusammenzusetzen und zu bekleiden.

Sie hingegen finden ihn erst aufgebahrt in einer Kühlzelle des Krankenhauses wieder.

Was nun an ihren Herzen nagt, ist die Vernachlässigung, der sie sich ihm gegenüber schuldig gemacht haben.

Viel anderes gibt es unter diesen Umständen nicht zu sagen, denn über das Sterben erhalten die Lebenden keine Auskunft.

Und heute sterben die Menschen fast immer im Krankenhaus.

Die älteste Tochter ist die, die in dieser absurden Angelegenheit mit der größten Normalität reagiert.

Überrumpelt hat sie ihre Reisetasche mit dem Trauerschwarz zu Hause vergessen, das doch ohnehin nur noch zu solchen Anlässen gebraucht wird und jetzt, wo es sozusagen doppelt gekauft werden muss, sicher von einem vielmehr schicken denn von einem düsteren Grau sein wird, schließlich muss man auch an morgen denken.

Vor dem blumengekränzten Sarg stößt sie einen wütenden Schrei der Empörung aus und möchte sich, um dem stillen Leichnam Gesellschaft zu leisten, ausgerechnet dort hinsetzen, wo die Bahre an den Katafalk grenzt, wobei sie vergisst, dass die klinische Verwaltung des Todes keinen Platz für das Mitleid der Lebenden vorsieht; ihr Sohn in Bluejeans hält sie betroffen zurück, schuldbewusst, seinen mit dem Tod ringenden Großvater inmitten des Vorhanggewirrs der Intensivstation in der Obhut von Spezialisten zurückgelassen zu haben; er, der als einziges Familienmitglied im Moment des Ereignisses anwesend war.

Der ältesten Tochter scheint es, als müsse man gegen die Entbehrungen protestieren, welche die moderne Zeit der persönlichen Trauer und der privaten Ausgestaltung familiärer Verluste auferlegt, von denen sie sich völlig andere Vorstellungen gemacht hatte.

Nach Hause zurückgekehrt, lenkt sie das ungewohnte Zusammentreffen mit den Geschwistern ab, die sich zu diesem Anlass von überall her um die Mutter versammelt haben, wobei sie die Anwesenheit des Hundes ihrer jüngeren Schwester missbilligt, ein Übermaß an Fell gemessen an den kahlen Überresten des toten Vaters, die groß und feierlich im Gewölbe ihres Geistes zur Ruhe gebettet sind.

Sie erwehrt sich dieses dumpfen animalischen Lebens, das in ihre sonst so feinsinnigen Gedanken eindringt, indem sie erneut mit ihrem Mann über die vergessene Reisetasche streitet, die sie bei ihrer Rückkehr wie eine bedrückende Anwesenheit hinter der Eingangstür erwarten wird.

Sie wird einfach eine Schlaftablette schlucken und im Traum ungestört in vollen Zügen zelebrieren, dass der Tod des Vaters ihr ganz allein gehört.

Die jüngere Tochter weint im Stillen. Sie hatte das Glück, ihren Vater während seines kurzen Krankenhausaufenthalts zu begleiten und war intensiv auf die Möglichkeit seines Todes vorbereitet, obgleich es schien, als könne er genesen nach Hause zurückkehren, weshalb sie am Vorabend seiner erwarteten Heimkehr abgereist war und ihn in der Obhut ihres Neffen zurückgelassen hatte.

Nun hat sie, nur einen Tag und zwei Nächte später, für die Beerdigung zurückkehren müssen.

Überhaupt ist ihre Trauer eine stille, sie gehört nicht zu jenen, die aufbegehren, umso mehr, als die Eventualitäten des Lebens sie selten unvorbereitet treffen.

Schon auf ihrer Rückreise trägt sie Schwarz, um sich nicht mit zu viel Gepäck zu belasten.

Sie hat den Hund mitgenommen, weil seine Anwesenheit sie tröstet.

Ihr hat sich das Bild des Vaters eingeprägt, wie er sich, noch immer im Krankenhaus, aber doch gesundet, von ihr verabschiedet, und am Sarg hat sie ihm nichts zu sagen, nur diese Trennung endgültig zu vollziehen.

Die jüngere Tochter ist ein logisches System, das beinahe automatisch funktioniert, ohne dass es einer besonderen Aufmerksamkeit oder erkennbaren Anstrengung ihrerseits bedürfte. In einem derartigen Leben, das sich nur in Zeitlupe erfassen lässt, bedeutet der Tod nichts anderes als einen in jeder Hinsicht nachvollziehbaren, und im konkreten Fall des Vaters seit seiner Einlieferung ins Krankenhaus ohnehin allzu absehbaren Stillstand. Das Alter folgt seinen eigenen Regeln.

Ihre Fürsorge hatte sie von einem Besuch zum anderen ausgelebt, ohne große Bemühungen, dem stillen Pessimismus des Vaters, stets fest überzeugt, die letzten Tage und Nächte eines Lebens zu bestreiten, das bereits ebenso dünn und durchscheinend geworden war, wie der von den Dienern der Medizin in Gang gehaltene Körper, mit Ermutigungen und Hoffnung entgegenzutreten.

Sie schließt stets sorgfältig die Tür der gekühlten Leichenkammer, um keine Kälte entweichen zu lassen.

Sie verlässt immer wieder das Haus, um stundenlang mit dem Hund spazieren zu gehen.

Sie stimmt einer Messe zu, auch wenn sie sagt, dass der Vater nicht gläubig gewesen sei. Es ist nicht ersichtlich, was ihr wichtig und was ihr völlig gleichgültig ist. Sie ist ein kleines mechanisches System, wir sagten es bereits.

Der Sohn, der Letztgeborene, kehrt zum ersten Mal ohne seine Frau und seine Töchter nach Hause zurück, er schläft in dem kleinen Bett seiner Jugend, und findet sich umgeben von den Frauen, die seine Kindheit vergiftet haben.

Als Sohn eines schon gealterten Vaters hat er diesen bereits vor vielen Jahren begraben, doch nun überwindet er seinen Groll, um zu tun, was ein Mann in solchen Fällen im Kreis der Familie zu tun hat.

Er besucht den Vater zum letzten Mal, vor allem, um seiner Mutter Halt zu geben, er will weder Messe noch Trauerfeier, aber er fügt sich. Seine Frau wird ihm also morgen den schwarzen Anzug bringen. Wieso etwas verweigern, was ihn so wenig kostet und alle glücklich macht, ein Magengeschwür hat er sowieso schon, auch ohne diesen vor allem lästigen Zwischenfall.

Schon als Junge wollte er fortgehen, aufbrechen, Dinge zurücklassen, eigene Wege beschreiten und Neues beginnen, wenn möglich jedoch ohne Streitigkeiten.

Für den Sohn gehört der Tod zum Leben, er ist ihm seit seiner Geburt ein ständiger Begleiter, vielleicht wegen eines älteren Bruders, der sehr jung gestorben war; er ist in jeden Körper eingeschrieben und ob du wegläufst oder innehältst, macht keinen Unterschied.

Also kann man ihn ebenso gut hinter sich lassen.

Der Totenkult hat nichts mit dem Tod zu tun. Du kannst dich allenfalls fragen, wie er im Moment des Sterbens vonstattenging: Trotzdem liegt er bereits hinter einem, und über ihn nachzudenken oder zu sprechen ändert nichts.

Er hört der Schwester zu, die sich mit ihrem Mann über die vergessene Reisetasche streitet, er schaut geistesabwesend zu der anderen auf, die mit dem Hund kommt und geht.

An Erbe wird es wenig bis nichts zu verteilen geben, das Beste wird die unpersönliche Überlassung des Papierkrams an einen Notar sein.

Um die Mutter wird man sich kümmern, wenn es so weit ist.

Als Junge hatte er häufig das Verschwinden seines Vaters herbeigesehnt und dabei eine große Angst verspürt, die sich nun endlich verflüchtigt und ihn befreit zurückgelassen hat.

Den Tod kann man nur kennen, indem man ihn in sich selbst betrachtet: Das hatte nun auch der Vater tun müssen und er tat es, als es mit ihm zu Ende ging.

Der Sohn ist nicht ohne Mitleid, er hat einfach nur einen anderen Weg eingeschlagen.

Die alte Mutter sitzt da, die Hände im Schoß. Absurderweise verfolgt sie der Gedanke, dass dieser Gefährte eines ganzen Lebens vielleicht auch noch von einem Hund zum Friedhof begleitet werden wird.

2

Nun beginnt die Figur des Vaters eine seltsame und lange Abfolge von Metamorphosen, ganz ähnlich den beschwerlichen Gestaltwandlungen einiger Vielborster aus der Familie der Ringelwürmer.

Während er sich also stetig und kontinuierlich verändert, vielleicht beinahe ohne sich zu bewegen, außer geschmeidig in Richtung seines Ziels zu gleiten, verschwindet er jedoch nicht, wird er nicht vage oder verschwommen oder löst sich gar auf, wie es bei derartigen Prozessen der Fall sein könnte; vielmehr tritt er im Laufe der Entwicklung immer klarer und deutlicher hervor und präsentiert sich nun in seinen wesentlichen Zügen, welche zweifellos unter den alten Hautschichten, obwohl diese vielleicht schon ihre Spur trugen, verborgen lagen, solange sie von diesen andersartigen oder sogar identischen, aber verdoppelten oder verdreifachten Schichten überlagert waren.

In den souveränen Geistesregionen der anderen entfaltet er sich langsam in den nunmehr ungreifbaren Windungen seines letzten Lebens, das sich schließlich ebenfalls in einer einzigen sich wiederholenden, hieratischen Haltung niederschlagen wird, dazu bestimmt, die jetzt noch verstreuten und vielfältigen Erinnerungen an sich als Teil der rastlosen Suche nach einer letzten Ruhestätte zu sammeln und zusammenzufügen.

Unterbrochen und doch bereits verlassen durch seinen eigenen Tod, gemeinsam mit dem Leben ein für alle Mal vergangen und nun aus dem Körper verschwunden, der in seinen natürlichen, wenngleich zumindest in den ersten Stunden an der den Anschein des Lebenden bewahrenden Oberfläche kaum wahrnehmbaren Verwesungsprozessen eingeschlossen ist, geht der Vater fort und siedelt, befreit von aller menschlichen Schwere, für immer in das fremde und komplexe Bewusstsein der anderen über.

Losgelöst und stumm, unfähig selbst in das Geschehen, das sich andernorts um seine Person abspielt, einzugreifen, sieht er sich schließlich schutzlos der Willkür der Lebenden ausgeliefert.

In der ersten Nacht nach seinem Tod war er noch auf der Suche nach einem unmöglichen Ausweg durch die Windungen seines Körpers geirrt, bereits reduziert auf ein immer schwächer werdendes Echo, gleich den letzten Nachwehen eines Bebens in unbeteiligter Materie.

In der zweiten Nacht hingegen, hatte er auch das letzte, gleichsam gebrochene Festhalten an sich selbst aufgegeben, um endgültig als ein mit einem eigenen Ich begabtes Wesen zu verschwinden.

Nun entwickelt er sich fort in den ermüdenden inneren Sphären der Familienmitglieder, aufgehoben in der Vorstellung jener Dinge und Orte, wo die anderen ihn lebendig zu sehen pflegten und wo sie sich in dieser Nacht versammelt haben.

Die Mutter geht seufzend in das gemeinsame Schlafzimmer hinauf, das schon lange das ihre geworden war, seit der Vater das hinterste der ehemals von den Kindern belegten Zimmer auf der anderen Seite des Treppenhauses eingenommen hatte.

So wie dieses hatten sie seit Jahren viele, vielleicht

sogar alle Dinge, die sie hätten teilen können, viel weniger aufgegeben als einfach unterwegs verloren. Zurückgeblieben waren bloß die automatisierten und doch stets einsamen Herausforderungen des alltäglichen Lebens.

Für sie war der Vater nur Ehemann gewesen, und als solcher hatte er sich seit langer Zeit in ihre Vorstellung eingeschrieben: ein entfernter Gatte, der ohnehin nie mehr von dieser Rolle und dem zugehörigen Platz, den das Bild ihrer Ehe in den realen, aber selbst für sie unerreichbaren Winkeln ihres Geistes eingenommen hatte, getrennt werden konnte.

Zudem ermüdet der Verstand mit den Jahren und befreit sich nicht mehr allzu häufig von dem Schutt und den Trümmern, die ihn verstopfen, wähnt sie lebendig oder wandelbar, bloß aufgrund der ursprünglichen Veränderlichkeit des fließenden Elements, in das sie eingebettet sind.

Die Mutter hatte ihre Auseinandersetzung mit ihm bereits beendet, außer an diesem letzten Punkt des Todes, auf den die eine wie der andere bereits seit zu vielen Jahren wartete, gleichgültig und ohne je darüber zu sprechen.

Nicht selten gelingt es den Menschen schließlich, ohne Schmerzen und Anteilnahme mit ihren eigenen Vorstellungen zu leben, solange nur genug Zeit ohne ein Ereignis vergeht, das die andernorts in der eigenen Erinnerung vergrabenen Überreste aufwecken und erschüttern könnte.

Für die Mutter geschieht in dieser zweiten Nacht noch nichts, was etwas an dem selbstverständlichen Zusammenleben ändern könnte, das sie seit langem mit einer bestimmten Vorstellung dieses Mannes geführt hatte, der nun fein säuberlich zur Seite geschafft, hinter ihrem Rücken die kurze Strecke ihres eigenen langsamen und vorgezeichneten, Tag und Nacht nur noch aus wenigen Stunden bestehenden Lebenswegs durchkreuzt.

Es ist zu spät, als dass es anders sein könnte.

Was sie angeht, so könnte er diese Tage und Nächte, diese Räume und Treppen und die umliegenden Gebiete, auf die sich ihre Welt beschränkt, unendlich abschreiten und durchqueren; ebenso unbemerkt wie bisher, ohne irgendetwas zu verändern oder zu verschieben.

Für sie tat er dies auch dann noch, als er ins Krankenhaus kam und sie keine Einsamkeit und keine Veränderung, keine Abwesenheit und keinen Mangel spürte, daran gewöhnt, sich nicht etwa die Vergangenheit, sondern vielmehr seine oder ihre gemeinsame Gegenwart vorzustellen.

So ist es auch in dieser zweiten Nacht: Vermutlich wird er wenig später die Treppe hinaufgehen und sich in sein Zimmer einschließen, um dort wie gewohnt allein zu schlafen; viel stärker umgibt sie die Präsenz des Hauses, die harmonische und geradezu fühlbare Ordnung seiner Räume, die gewissermaßen in der Dichte der Luft aufgehoben sind, die sie leise atmet.

Für sie wird er niemals sterben oder körperlich abwesend sein können, so sehr ist sie daran gewöhnt, um ihn zu wissen, anstatt ihn zu sehen, ihn in ihrer Nähe zu haben und sich mit ihm auszutauschen.

In der Ehe waren sie zwei Monaden gewesen, stets überrascht von dieser enormen gegenseitigen Fremdheit.

Und all diese Gesten und Bedeutungen sind längst ebenso fein säuberlich in ihrem Geist konserviert wie die Gewohnheiten des Körpers in der blinden und undurchlässigen Dichte des Organismus.

So kann sie vielleicht bis zum Morgen, also zum Tag der Beerdigung durchhalten.

Die Kinder schlafen in ihren alten Zimmern, die älteste Tochter mit ihrem Mann im großen Bett des Vaters, die beiden anderen in den bescheideneren Räumen.

In dieser Nacht ist der Vater zum Haus geworden, das nun von außen im Querschnitt und ohne jede Verkleidung zu sehen ist: das monströse organische Bild eines Vaters aus Mauern und Stein, in dem Frau und Kinder fein säuberlich in den ihnen zugewiesenen Zellen angeordnet sind, jeder für sich, unruhig oder friedlich in diesem großzügigen und künstlichen Bauch zur Ruhe gebettet.

Nichts anderes könnte sie verbinden als dieser erzwungene Zusammenschluss von Verwandten.

3

Die älteste Tochter ergreift in unruhigem Schlaf nach und nach Besitz vom Vater.

Es sind die Anstrengungen der kannibalistischen Tätigkeit, die den Körper, obgleich schützend in sich zusammengerollt, zu scheinbar schmerzhaften, aber doch fließenden Bewegungen anregen, die sich mit unterschiedlicher Intensität von den Beinen über den Oberkörper bis zum Gesicht erstrecken, das in tiefer Konzentration versunken sich dennoch oft entspannt und vielleicht zu einem schmerzverzerrten Grinsen, vielleicht zu einem glücklichen Lächeln verzieht, wobei der eine Ausdruck spielend in den anderen übergeht, nur um zuweilen ganz zu verschwinden, so als könne nichts jemals diesen tiefen, friedlichen Schlaf stören, zumindest nicht, soweit es von außen zu erkennen wäre.

Der Vater wird auf diese Weise nach und nach einverleibt, wobei es, da es sich doch in der Tat um eine Art stoffliches Mahl handelt, unmöglich ist, die knirschenden Kaubewegungen, die schmatzenden Lippen oder die anschließenden trägen und passiven Ruhephasen dessen, was man getrost eine unsichtbare und ganz persönliche Verdauung nennen könnte, zu umgehen.

Zweifellos hat diese Tochter einen organischen, lebhaften und im Grunde gemeinschaftlichen Weg gefunden, um noch einmal oder zu guter Letzt mit der vertrauten Figur des Vaters zu kommunizieren, um den Tod und unwiderruflichen Verlust autonomen und erfahrbaren Seins durch die Einverleibung eines gesamten Körpers ins eigene Innere zu verneinen und ihn so in diesem jungen, noch immer lebendigen Organismus vor dem Verschwinden und vor dem endgültigen Rückzug auf eine immer schwächer werdende und sich auflösende geistige Vorstellung zu bewahren.

Die älteste Tochter hatte vielleicht immer schon auf diesen Moment gewartet, sich verletzt zurückgezogen in die Trauer über die Sprachlosigkeit und den Schmerz darüber, vom Vater nicht nur räumlich getrennt, sondern auch von seiner Zuneigung ausgeschlossen zu sein.

Nun kann sie ihm endlich die gesamte Bandbreite der Gefühle entgegenbringen, die zu nähren sie fähig ist und die sich nun erst recht als nichts anderes erweisen als eine tiefgreifende und natürliche Beseitigung begrabener Organe und der damit verbundenen alchemistischen Vorgänge.

Denn wir wissen sehr genau, dass eine Person nichts anderes ist als ein stummer und tauber Organismus, eingeschlossen in die unendlichen, winzig kleinen Regungen physischen Überlebens, in denen die Vorstellungen der Welt und der anderen mit ihren im Großen und Ganzen absurden Bedeutungen in Folge begrenzter und leicht nachvollziehbarer Assoziationen aufscheinen und verschwinden.

Diese Operation endet, so scheint es, im ersten Teil der Nacht, das heißt im Moment tiefster Finsternis; und dies völlig zu Recht, denn nur in der hier sicherlich anders gearteten Dunkelheit können solche Kunststücke vollbracht werden: außergewöhnlich gelungen, sehr geschmackvoll, stilistisch geradezu makellos.

Das erste Morgenlicht findet die Schlafende ruhig, die Glieder entspannt, auch das Gesicht ist jetzt unbewegt, nur die Reflexe einer lebhaften geistigen Aktivität flitzen unter den geschlossenen Lidern in schnellen Bewegungen wie beim Nähen hin und her und zeichnen sich auf den Augäpfeln ab, wenngleich diese momentan zumindest für äußere Eindrücke blind sind.

Diese Augen verfolgen nun ganz andere, kostbare, nie gesehene Bilder der Schlafenden selbst.

Der Vater ist aus der visuellen Sphäre verschwunden, denn voll und ganz absorbiert, auf anderen Wegen wandelnd, bedarf er ihrer nicht länger, auch wenn er aus der Ferne und unter größter Zustimmung, ja sogar gemeinschaftlicher Anstrengung an der Gestaltung dieser neuen Vorstellungen in einem Zustand und Ausdruck fast vollständigen Glücks teilhat: ihr letztes Geschenk an den Vater, der nie eine leichte oder vergnügliche Miene gemacht hatte.

Die älteste Tochter ist nun erwachsen geworden und verwandelt sich in eine gewaltige Vision ihrer selbst, die so erhaben befreit und herausragend mit Sicherheit die Welt beherrschen wird.

Nun kann sich in voller Kraft und Klarheit die ganze äußere und innere Schönheit dieses zuallererst aus den Lenden des Vaters in den Schoß der Familie herabgestiegenen Geschöpfes zeigen, die sich in der ältesten Tochter jedoch nicht triumphierend und stolz, wie es auf Grund dieser absoluten Vorrangstellung angebracht gewesen wäre, sondern eingeschüchtert und unsicher, wie diese vielleicht wegen des anhaltenden Desinteresses des Vaters war, nur verkümmert verkörperte.

Endlich zerspringt ein ganzes Leben, verbracht in dem Versuch, dem verhassten Bild einer Tochter, die sich, wenn auch nur heimlich, ihres eigenen Wertes durchaus bewusst ist, Mut und Stärke zu verleihen, in unzählige Splitter und ebnet den Weg für die neue und einzig wahre älteste Tochter, die nun ganz in der Liebe des Vaters erstrahlt und mit ihm, oder endlich durch ihn, von neuem und ein Leben lang genährt wird; nicht länger durch einen bloß externalisierten und zurückgelassenen Samenkern, sondern durch seine Einverleibung, die seine ausgedehnte, nachgiebige und tröstende Anwesenheit garantiert.

In dieser neuen Gestalt und Identität trägt die älteste Tochter endlich mit Stolz die somatischen Züge ihres Vaters, die sie bis dahin verräterisch unter einer ausgeprägten und unabhängigen, als ganz allein ihr zugehörig behaupteten und zur Schau gestellten Persönlichkeit verwischt und getarnt hatte, frustriert und voller Sorge, ihm zu ähneln. Jetzt sind sie frisch und kraftvoll mit neuem Blut versehen, Teile einer endlich authentischen Persönlichkeit, und als solche erstrahlen sie in neuem Glanz.

Die älteste Tochter betrachtet sich und stumm vor Dankbarkeit und Glück spreizt sie sich wie ein Pfau.

Am Morgen werden es alle sehen: Schon wenn sie die Treppe ins Erdgeschoss hinuntergeht, wird sie eine andere sein und niemand wird darum herumkommen, es zu bemerken.

Auch sie wird alles neu betrachten und sich entsprechend verhalten. Unnötig, jetzt darüber nachzudenken oder die entsprechenden Maßnahmen zu ergreifen: Das sind Angewohnheiten aus anderen, längst vergangenen Zeiten. Sie wird instinktiv wissen, was zu tun und was zu sagen ist, was es zurückzulassen und was es neu und selbstbewusst anzugehen gilt, wahrscheinlich sehr zum Erstaunen aller.

Sie wird mit diesem neuen inneren Leuchten herabsteigen, das bis in ihre Gesten und Haltungen und Gesichtsausdrücke hineinreichen wird, so fest sitzt es unter ihrer Haut, umspannt und umhüllt es sie ganz, auch wenn es als innerliches natürlich für alle unsichtbar ist; und so wird sie einfach sprechen und handeln, wie es ihr gebührt.

Sie wird sie alle unter ihren Schutz nehmen, so, wie es ihr neuerdings und von Geburt an zusteht.

Sie wird sie mit noch stärkerer Hingabe lieben lernen, auch wenn sie schlussendlich erkennen muss, dass Liebe Herrschaft bedeutet und vielleicht erfordert, kompromisslos und autoritär zu sein, wenn das Wissen und die Erkenntnis um das Wohl der anderen so eindeutig in den eigenen Händen liegen, auch wenn das heißt, möglicherweise wissentlich auf ihre Dankbarkeit verzichten zu müssen.

Sie wird aus sich selbst heraus und für sich selbst mit Zuversicht und noch größerer Stärke handeln, ist sie doch nun in der Lage, ohne Zweifel und Schwächen noch über ihre eigenen Grenzen und die von diesen auferlegten Anforderungen und Limitierungen zu entscheiden: Sie werden sie nicht länger zurückhalten und behindern, indem sie Keile ins Fleisch ihres Inneren treiben, sie bremsen und ihre Regungen mäßigen, von ihr verlangen, dass sie sich nicht durchsetze und sich nicht erzürne: Denn sie trägt nun nicht nur sich selbst, sondern auch ihren Vater vor sich her, für den und durch den sie sich jetzt rächen und behaupten muss.

Die anderen werden gezwungen sein, zu schweigen und mitanzusehen, wie sie sich für und durch sich und ihn entfaltet, und ob sie dies akzeptieren werden oder nicht, wird sich nicht daran entscheiden, wie sie über sie denken, sondern daran, inwiefern sie den Vater erinnern und ihn in ihr wiedererkennen werden.

Denn das ist es, was den Erstgeborenen gebührt, die wahre und einzig mögliche Würdigung des Vaters.

Im Genuss dieser Herrlichkeit vergisst sie sogar den toten Vater.

4

Absorbiert von seiner eigenen Vergangenheit, den im Haus verstreuten Fotos, Kleidern, Schuhen, Gegenständen und Papieren, löst sich der Vater langsam in seine Bestandteile auf.

So entsteht eine eigentümliche, wenn auch absolut unmerkliche Beschaffenheit der Stille, in der diese zweite Nacht ohne jeden Unterschied zu tausend anderen Nächten vergeht.

Seltsamerweise bleibt dies eine einsame Unternehmung, an der die Mitglieder der Familie in keinster Weise beteiligt sind, die doch jeder für sich mit der Feier ihres ganz persönlichen Andenkens an ihn beschäftigt sind. Der Termitenhügel arbeitet munter um ein fest definiertes Zentrum herum, das noch immer von dem nun in seinem eigenen Tod enthaltenen Vater besetzt ist.

Er vollzieht die endgültige Abkehr von seiner eigenen Person durch die vollständige Auflösung seiner materiellen, in den unzähligen Ausprägungen der Alltagsgegenstände sich entfaltenden Eigenschaften; denn darin liegt die letzte sehr persönliche und eigentliche, wenn auch verborgene und nur schemenhaft wahrnehmbare Verrichtung der Toten.

Eine gewiss schmerzhafte Pflicht, die die allerletzten, sicher unbedeutenden, aber darum nicht weniger intensiven Verbindungen zum Leben der Verstorbenen auflöst.

Denn ein Mensch lebt nicht bloß in der Wahrnehmung der anderen, sondern auch und insbesondere in seinem eigenen Wesen oder Zentrum, um das herum sich die Orte und Dinge seiner Existenz anordnen und aus dem heraus er die Bedeutung schöpfen muss, die diese für und in Bezug auf ihn selbst erhalten.

Wir wissen nicht, in welchem Maße diese Teilhabe der Dinge die Spur jenes Kerns bewahrt, und das ist jetzt auch nicht von Interesse: Hier sollen nur der Rückzug und das vollständige Verschwinden der konkreten Sinnzusammenhänge eines Lebens aus jenen umliegenden Gebieten seines Vollzugs beschrieben werden, deren Aufgabe sicherlich die letzte verbliebene Tätigkeit dessen ist, was von der Existenz und dem lebendigen Wesen jeder Person stets ohne Möglichkeit der Übertragung oder Vermittlung der innersten Wahrnehmung jedes Einzelnen anvertraut bleibt.

Natürlich kann eine solche Darstellung nur in der Imagination entstehen, denn das Haus könnte in dieser zweiten Nacht beispielsweise nicht gedeihen und aufquellen, während sich zugleich hier und da winzige trichterförmige Sanderosionen eröffnen, die jeden Quadratzentimeter seiner Grundfläche und jeden Kubikmeter seines Rauminhalts langsam im Nichts versinken lassen, oder in den Warnungen, die uns die umgebende Welt davon übermittelt.

Das vollständige Verschwinden des Vaters aus dem Leben ist an dieser Stelle und in dieser Hinsicht bereits ein Akt ohne Darsteller. Dieser Zerfall und diese Auflösung sind das Werk materieller Gegebenheiten, die lediglich den fortschreitenden und unaufhaltsamen geistigen Rückzug eines unwiederbringlich sich verflüchtigenden Bewusstseins aufzeigen: Und diese Verflüchtigung ist wohl die ergreifendste Form des Verschwindens, zumindest für die Welt, die zurückbleibt.

Von der Ferne verschluckt, lassen die Tentakel dieses monströsen Todes eines Lebewesens, in dem Moment, in dem sie es aus ihrer schützenden Umklammerung entlassen, jedes Ding zu Stille und Staub zerfallen; während das Wesen selbst sich rapide und unablässig verwandelt, sich zu einem wimmelnden Mikrokosmos vervielfältigt, bevor es sich in immer kleinere Teilchen auflöst und verschwindet; nicht, indem es einfach nur unsichtbar würde, sondern indem es vollständig vergeht.

So verlässt der Vater auch die Orte und Dinge. Er zieht sich in die Erinnerung seiner selbst zurück und diese Erinnerung löst sich in nichts auf.

Die im Haus verstreuten Fotografien, die ihn in den verschiedenen Phasen seines Lebens zeigen, durchlaufen einen mühevollen und rasanten, unumkehrbaren Verfall, der nur als das nun unwiderruflich vollzogene Scheitern jeder Darstellung betrachtet und erfahren werden kann.

Selbst das leicht vergilbte Lieblingsfoto, das ihn als stolzen Schüler zwischen den Freunden sitzend zeigt, die einzige Wanddekoration seines Schlafzimmers, der letzten Zuflucht eines Mannes, der unfreiwillig ins Alter gedrängt wurde, entledigt sich, wenn auch aufgrund der hartnäckigen Zuneigung zu ihr nur widerwillig, seiner Gestalt und beraubt sie beinahe feindselig jeglicher Ähnlichkeit. Unverändert bleiben nur die anderen, ohnehin stets in Unkenntnis darüber, einmal Teil dieses Raums und dieser Wand gewesen zu sein, während er sich dieser fernen Gegenwart zu entziehen scheint: An seiner Stelle bleibt nur ein junger Fremder zurück, der die Welt nicht einmal mehr mit allzu großer Sympathie betrachtet.

Vielleicht zeigen die Kleider und Stoffe etwas mehr Beharrlichkeit, und sei es nur auf Grund seines Geruchs, den jeder Hund mühelos erkennen könnte, und wegen der Eigenschaft des Gewebes, sich an einen konkreten Körper und seine Bewegungen anzuschmiegen; aber auch sie können der unbarmherzig voranschreitenden Verwandlung nicht standhalten, noch sind sie irgendwie im Stande, das zu bewahren, was sie im Laufe dieses letzten Prozesses verlassen wird: Schon werden Geruch und

Form nur noch verblichene Emanationen eines andernorts von der Zersetzung erfassten Körpers sein; als würden sie innerlich verfallen, sinken sie in jämmerlichen Falten und Häufchen in sich zusammen, bis sie nichts weiter sind als absolut anonyme Stoffe.

Die Schuhe durchlaufen die peinlichste Entfremdung, denn es scheint plötzlich unmöglich, dass in ihnen jemals Füße gesteckt haben sollen: Sie sind vielleicht nur Trugbilder, dazu bestimmt, den Eindruck zu erwecken, dass es ohnehin zu viele von ihnen gibt, wo ein Toter doch nicht einmal ein einziges Paar benötigt.

Die anderen Gegenstände, Papiere, Werkzeuge und Krimskrams haben hingegen noch eine ganze Weile mit ihrer eigenen inneren Logik zu schaffen.

Hier sind es die Materialien selbst, die sich von ihrer langen Unterwerfung unter eine noch immer sinnstiftende Tätigkeit befreien müssen; denn der Mensch leistet mit ihrer Hilfe mehr als bloß praktische und belanglose Verrichtungen, vielmehr bedient er sich ihrer zugunsten bedeutenderer und tröstlicherer Ziele.

Noch immer in ihrer nie zufälligen Aufstellung, in der vom Vater festgelegten und völlig überraschend unterbrochenen Ordnung festgehalten, möchten sie in der Tat genau diese Unterbrechung und Unberechenbarkeit bezeugen, viel lieber anderen Zerstörungen nachgeben als gerade dieser.

Und doch fallen auch sie der extremen Verlassenheit anheim, die sich in dieser Nacht vollzieht, und sie sind die letzten, die einen entfernten Rest von Wärme freigeben; dann beginnen auch sie, die Szene zu verlassen und notgedrungen die sukzessiven Stadien der Verdinglichung zu durchlaufen, denn in einem zu Staub zerfallenen und von feinstem Sand übervollen Haus hätten sie ohnehin weder Ort noch Möglichkeit, das zu bleiben, was sie sind: Zeichen.

An diesem Punkt bleibt zweifellos nichts als die Erinnerung der Überlebenden.

5

Die jüngere Tochter sitzt im Bett und grübelt.

Von außen betrachtet sehen wir bloß eine Gestalt, die Schulterblätter an das Kopfteil gelehnt, Lendengegend und Beine unter der Bettdecke ausgestreckt, die Knie leicht angewinkelt, um das Gleichgewicht besser halten zu können; eine Zigarette qualmt beständig in der kleinen Kammer, auch wenn sie nur selten zum Mund geführt und dann wieder vergessen wird, bis es Zeit für die nächste ist und das Anzünden die einzigen hastigen Bewegungen in diesem beinahe absoluten Stillstand verursacht.

Die jüngere Tochter betrachtet nichts, so sehr es auch scheinen mag, als beobachte sie sorgfältig irgendein Detail des Zimmers oder ihre eigenen Hände oder auch nur die Zigarette: In Wirklichkeit ist sie mit ganz anderen Dingen beschäftigt.

Tatsächlich seziert und zerlegt sie ihr eigenes Inneres in dem vergeblichen Versuch, irgendeine, in einem tiefen und unzugänglichen innersten Kern verschüttete, zwingende Begründung für ihr gegenwärtiges und vielleicht keinesfalls temporäres Unglück aufzuspüren.

Es scheint, als sollte diese Aufgabe keine allzu großen Schwierigkeiten bereiten, wo man mit scheinbar klar zu identifizierenden und definierten Schichten konfrontiert ist, deren zerklüftete, aber scharfe Konturen leicht zu erkennen und in perfekter Konzentrizität als abwärtsgerichtete Folge zeitgemäßer, aber ungleicher Ringe angeordnet sind: Stattdessen aber ist das, was der Sehkraft, wenn man sie so nennen kann, offensichtlich erscheint, verworren und verwirrend für eine Vorgehensweise, die sich notwendigerweise einer diffusen Taktilität bedienen muss, die keine andere Möglichkeit des Vordringens kennt als die Blindheit, mittels derer sie selbst entlang unzugänglicher, absolut unberechenbarer Wege voranschreitet, eigentlich viel zu nachgiebig, um vor Stürzen oder unüberwindbaren Hindernissen gefeit zu sein.

Hier kann man nicht länger von geistigen Bildern oder phantastischen Gedankenexperimenten sprechen, weil sich unter die bildliche Darstellung nun absurderweise auch jene äußeren Sinneseindrücke mischen, die dem Menschen durch seine Anschauung und den Ort, an dem er sich befindet, vermittelt werden, im Fall der jüngeren Tochter also, wie eingangs erwähnt, durch das Zimmer und das Bett, in dem sie sitzt; und so gestalten sich die Erkundungen des Inneren schwierig, auch weil man sich in Momenten der Unachtsamkeit mit diesen unbedeutenden äußeren Zufälligkeiten herumschlagen muss, die natürlich keinerlei Hinweise auf den Maulwurf liefern, der sich lautlos und ganz unbefangen in diesen fremden Gebieten bewegt und dabei auf erstaunliche und beunruhigende Weise allgegenwärtig ist.

Vielleicht vereitelt das Fehlen jeder auch nur im Entferntesten mit der Sonne vergleichbaren Lichtquelle, und sei sie bloß wie in solchen Fällen üblich durch die Membranen des Körpers gefiltert, alle geistigen Bilder und intellektuell interpretierbaren Zeichen; bewusstere und möglicherweise gezieltere Gedankengänge können an diesen abgeschotteten und luftdichten Orten aufgrund der natürlichen Undurchlässigkeit der Atmosphäre nicht entstehen.

Und doch existiert dort eine gewisse Leuchtkraft, wenn auch unterbrochen und unbeständig und nur mit Sinnen wahrzunehmen, die nichts mit dem Sehen gemein haben und die vielmehr auf Grund der wiederkehrenden totalen Dunkelheit dazu verdammt sind, stets aufs Neue zu schwinden und aufzugeben; was die Unmöglichkeit, Luft zu holen betrifft, so kann man sagen, dass diese nicht unbedingt verhindert, dass das, was hier leben muss, dazu tatsächlich und sogar ohne Probleme in der Lage ist, da es unserer üblichen Luftverhältnisse offensichtlich nicht bedarf: Dies ändert aber nichts daran, dass uns bei unseren Erkundungen oder Untersuchungen dieser Orte stets und ohne Alternative, ohne dass wir etwas dagegen tun könnten, die Luft ausgehen wird und es zu Unbehagen und körperlichen Schmerzen kommen kann.

Die jüngere Tochter kann unter diesen Bedingungen nur verzweifeln, gezwungen, immer neue Gedanken zu formulieren: Wir arbeiten uns hier am Begriff des Vaters ab.

Unermüdlich schleppt dieser Rollenbilder heran und zwingt Haltungen auf, die in diesen Regionen zu nichts anderem als zu unbestimmten Zeichen und Spuren werden und sich im Übrigen nur schwerlich auf ihren Ursprung zurückführen oder zweifelsfrei zuordnen lassen werden: Denn das, was sich durch diese Gefilde zieht, ist zwar der Vater, aber hier lebt er ein fremdes, unangemessenes Leben, übertragen in eine andere Materie; hier nimmt er ungeachtet seiner selbst an anderen und andersartigen existentiellen Zusammenhängen teil, ohne sich jedoch von ihnen abgrenzen zu können; er befestigt oder erodiert jene unsicheren Randgebiete, von denen es stets unmöglich sein wird zu sagen, ob ihre Anwesenheit auf Schichten gelebten Lebens verweist, oder ob sie, ganz Zeichen, darauf beschränkt sind, auf einer materiellen Einheit zu beharren, in dem Versuch etwas mitzuteilen, das in dieser Stille ohnehin nicht vernommen werden kann.

Wofür steht ein Vater, wenn nicht für die Vorgabe von Verhaltensweisen, die hinterlassen und ohne besondere Vorsicht empfangen werden? Und doch dringt er gerade aufgrund dieses Fehlens von persönlichen Eigenschaften rücksichtslos und unumkehrbar in das Leben seiner Kinder ein.

Die Bindung an den Vater hat nun jede Bedeutung verloren. Endlich spürt die jüngere Tochter ihren Verlust und ihre Leere.

Langsam fügt sich außerhalb ihrer selbst ein unbekanntes und eigenständiges Wesen zusammen, von dem sie bislang wenig bis gar nichts gewusst hat, zu sehr war sie in den Abgründen der eigenen Selbstbezüglichkeit versunken, die doch zugleich jeden Austausch mit diesem fremden Vater erst begründet und bestimmt hatten: Wollte sich die jüngere Tochter heute die Bilder der Vergangenheit in Erinnerung rufen, so würden diese seine Züge tragen, so übermäßig vertraut, angesichts des gespenstischen und stillen Bildes des Toten, der in seiner Leichenhalle mit einer neu gewonnenen und unausgesprochenen Güte zur Ruhe gebettet ist. Und dies träfe auf all die Erinnerungsbilder zu, jene der vergessenen Kindheit ebenso wie die späteren, sicher wiederzuentdeckenden Momente, wenn man es denn nur zuließe. Aber die jüngere Tochter will nicht, verstört von dem Wissen um die bereits vollzogene Substitution des lebenden durch den toten Vater, der sie von nun an immerzu begleiten wird und der ihre inneren Exkursionen und die tastenden Erkundungen dieser plötzlich gefühllos gewordenen Gründe überflüssig und unwirklich werden lässt.

Wenn überhaupt bestünde die Versuchung darin, sich einen Ersatzvater zu imaginieren und sich mit Hilfe der Fantasie von diesem Mann und seiner nun ohnehin beendeten Existenz zu befreien, in der unmöglichen Suche nach den viel zu lange vernachlässigten Wirklichkeiten der anderen.

Aber selbst das scheint ungenügend und noch dazu sinnlos.

Wie sie so auf ihrem Bett sitzt, gedankenlos mit ihren Zigaretten spielt und beim Aufblicken das Zimmer und seine Einrichtung betrachtet, erfährt die jüngere Tochter zum ersten Mal, einem Echo gleich, eine andere Verlassenheit und eine neue Einsamkeit.

6

Die Erinnerungen des Sohnes sind beinahe vollständig vergeistigt und in fast perfekte Bilder gefügt.

In der Morgendämmerung von Schmerzen geweckt, stellt er sich Gegenwart, Vergangenheit und Zukunft, sogar die unmittelbar vor ihm liegende als geordnete Ausschnitte vor, sauber eingepasst in einen seltsam vorgezeichneten Rahmen in immer gleichen Dimensionen: Obwohl es natürlich möglich wäre, unbegrenzt zu vergrößern oder auf das kleinste Maß zu verkleinern, muss jede authentische Reproduktion gewiss jenem Mittelmaß entsprechen, in dem die Bilder der Erinnerungen oder der Vorstellung vorüberziehen, jedes einzelne begrenzt und gleichförmig; Abweichungen und Übertreibungen hingegen sind, ebenso wie jene mikroskopischen Verkleinerungen einer Entfremdung oder einem Entzug gleich, zweifellos Bestandteil momentaner Unachtsamkeiten, das heißt, jener Unterbrechungen, die uns vom Hier und Jetzt auferlegt werden, sei es beabsichtigt oder als Nebeneffekt versteckter und immanenter Störfaktoren.

Im Großen und Ganzen arbeiten Erinnerung und Imagination mit vorgegebenen Rahmungen, zu denen eigentlich nicht mehr viel gesagt werden kann.

Der Sohn erinnert sich also an den Vater vermittels der Bilder und Vorstellungen seines Geistes und auf gleiche Weise malt er sich wirklichkeitsgetreu den Ablauf des folgenden Tages aus.

Unter diesen Umständen könnte er ebenso gut mit den Bildern in Dialog treten, die an demselben Ort entstehen, an dem auch das Denken und die Sprache ihren Ausgang nehmen, denn ihre Unterteilung in unterschiedliche Bewusstseinskategorien ist nur ein simpler Vorwand, der lediglich der Bequemlichkeit und dem einfacheren Gebrauch dient.

Er könnte sich natürlich ebenso gut in jene ganz persönlichen Regionen versenken, in denen nicht einmal mehr dein erhabenstes Leid von Bedeutung ist: Aber dies erscheint ihm, insbesondere in diesem Moment, als ein geradezu widerliches Ablenkungsmanöver eigennützigen und rein privaten Andenkens.

Denn der Sohn hat, wie bereits erwähnt, seine Rechnungen mit dem Vater längst beglichen, und es hätte wenig Sinn, sie sich jetzt erneut vorzunehmen, außer vielleicht in Hinsicht auf ihre Plausibilität, und genau das ist es, was er heute ein allerletztes Mal tut, um sie auf ihre Korrektheit hin zu überprüfen, auch wenn gewisse obskure Notwendigkeiten im Lichte einer mathematischen Logik betrachtet werden müssen, der gemäß eins und eins stets zwei ergibt.

In Wirklichkeit ist der Sohn inmitten der Topografie seines Verhältnisses zum Vater mit zwei aufeinanderfolgenden Leben konfrontiert, angesiedelt in zwei ungleichen und andersartigen Referenzsystemen: seinem Leben als Sohn und seinem eigenen Leben als Vater, als solcher seltsamerweise Teil genau jener Familienkonstellation, die er als Sohn erlebt hatte, und so ist er verstrickt in die Darstellung zweier unvereinbarer Rollen, von denen nur die eine, nämlich die zweite, überhaupt noch von Belang ist.

In dieser dialektischen Beziehung zum Vater ist es daher sinnlos, den Spuren seiner eigenen Vergangenheit zu folgen, da ihre Fehler und Sanktionen im Hier und Jetzt immer wieder zum Vorschein kommen und keine endgültige Auflösung zulassen.

Der Sohn schaut zum x-ten Mal auf die Uhr. Schon lassen sich die Zeiger ohne Hilfe des phosphoreszierenden Nachleuchtens auf dem Zifferblatt unterscheiden, auch wenn es noch immer gut möglich ist, dass er sich um mindestens eine Stunde vertut.

Auf der Straße fahren vereinzelt erste Autos, die Menschen gehen ihren üblichen Verrichtungen nach, nicht jeder muss heute einen toten Vater auf den Friedhof geleiten.

Die Bilder seines Geistes lösen sich nun aus ihrer inneren geregelten Abfolge, um sich, wenn auch in Gestalt von Erinnerungen, um die gegenwärtigen äußeren Wahrnehmungen zu versammeln, die, wenn auch nicht notwendigerweise bewusst, stets dazu angetan sind, noch die fantastischste Spekulation mit Bildern der Vergangenheit zu vermengen.

Der Sohn erinnert sich an frühe Morgenstunden mit dem Vater, unterwegs in den Wald, der eine gebieterisch vorausschreitend, der andere gleichsam in seinen Fußstapfen mühsam den Spuren der Pfade folgend; genau genommen war der Weg bereits vorgezeichnet und auch der Vater tat nichts anderes, obgleich seinerseits gefolgt, als ihm zu folgen. Der Sohn sieht die ganz anderen Dämmerungen eines alten Mannes, der sich unterwegs in Wäldern ohne Kinder und Enkel auf den Spuren ausgetretener Pfade endlose Gedanken über seine Verluste macht.

Dann verlagern sich die Tagesanbrüche in das Krankenhaus, durchlässig für die Krankheit und Hinfälligkeit des Vaters, mit ihren gläsernen Wänden ohne Vorhänge oder irgendeinen Schutz. So stirbt man, ohne Kinder, die einen davor bewahren: Man hätte sie ebenso gut nicht in die Welt setzen können.

Der Sohn steht auf und zumindest dieses eine Mal wird diese ausgeprägte Übelkeit vielleicht nicht durch sein Geschwür verursacht.

Er öffnet das Fenster und beugt sich hinaus.

Eins ums andere betrachtet er die Bestandteile dieser Landschaft, die er doch seit Jahren auswendig kennt: Der Vater hatte ihr, zumindest in seiner unmittelbaren Nähe, ausdauernde und unbedeutende Veränderungen hinzugefügt: Er hatte Bäume beschnitten, Reben gepflanzt, Mauern unter übertriebenem Einsatz von Stein und Beton wieder aufgebaut, damit sie fortbestehen und nicht oder zumindest nicht in den nächsten Jahren wieder aufgebaut werden müssten; erst kürzlich hatte er auch ein Geländer errichtet, schief und krumm und offensichtlich instabil, dem man besser nie das Gewicht eines hilfebedürftigen Körpers anvertrauen sollte.

Im unteren Teil des Geländes hatte er sorgfältig jahrhundertealte Bäume gefällt, damit sie mit ihren viel zu zahlreichen Wurzeln den Erdboden nicht unfruchtbar machen, ihn nicht mit ihrem

Herbstlaub zudecken, während dort doch Gras wachsen soll.

Doch schon bald werden auch diese letzten Spuren seines Wirkens verschwinden, die Natur und die Entwicklung von Gräsern und Sträuchern folgen keinen Regeln: Und so wird auch der Lebensweg eines Menschen im Verlauf nur weniger Jahreszeiten verblassen.

Ob du willst oder nicht, Leben und Tod eines Menschen lösen sich in solche unbedeutenden Nebensächlichkeiten auf.

7

Der Tag der Beerdigung beginnt mit strahlendem Sonnenschein.

Die Familienmitglieder sind damit beschäftigt, ihre Kleidung dem Anlass gemäß zu ordnen, während die Autos vor dem Haus bereitstehen.

Kinder und Hunde rennen umher, und es ist unklar, auf welche Weise und in welcher Konstellation man sie mitnehmen soll oder nicht.

Nach der zweiten Nacht ist die Stimmung ausgelassen, denn wenigstens an diesem Tag bestreitet man eine gemeinschaftliche, beinahe gesellige Aktivität, und die stillschweigenden Übereinkünfte solcher bedeutender Anlässe gelten noch immer, trotz der ersten Anzeichen von Überheblichkeit seitens der ältesten Tochter, die die Kinder, auch wenn es nicht ihre sind, bei der Beerdigung dabei haben, die Hunde aber zu Hause lassen will: Zu dem ersten hatte sich tatsächlich ein zweiter hinzugesellt, der mit der Schwiegertochter und den Kindern angereist war, und in solchen Fällen bleibt nicht viel Zeit, um die Dinge sinnvoll zu klären. Man zieht es jedoch vor, diesen Vorschlag, der auch noch von der einzigen nicht direkt betroffenen Person stammt, zu ignorieren.

Der Neffe lässt seinen Wagen, der sich in einem schlechten Zustand befindet, zu Hause zurück; bei einer Beerdigung wäre ein Auto, dessen Motor ohne Vorwarnung ausfällt, absolut fehl am Platze.

Zum Zeitpunkt der Abfahrt ist bereits Unfrieden zwischen den beiden Hündinnen ausgebrochen, und so bleibt die eine zu Hause bei den Kindern, während die andere gehorsam ins Auto steigt und zufrieden ihren Platz hinter dem am Steuer sitzenden Sohn einnimmt; die erste, deren Revier und Herrchen auf diese Weise vereinnahmt werden, bellt und jault hinter dem Tor, und wird gemeinsam mit den Kindern auf Fahrrädern, einem hoffentlich erfreulicheren Zeitvertreib überlassen.

Die Autos erreichen das Leichenschauhaus und alle strömen auf der Suche nach ein bisschen Schatten durcheinander, unerlässlich insbesondere für das Auto, in dem Mutter und Hund sitzen, denen die Schwüle am meisten zusetzt; erneut macht sich eine leichte Missstimmung breit, die alle mit Traurigkeit zu überspielen suchen: In Wirklichkeit spiegelt der Tag die vergangene Nacht, und es scheint nur naheliegend, dass sie ihn überschattet.

Der Wagen des Bestatters wartet mit offenem Kofferraum, der den Blick auf eine vom Gebrauch verblichene Schicht Teppich freigibt.

Jemand betritt die Kühle der Leichenhalle, um dem Vater, der durch den in diesem überdimensioniert wirkenden Sarg hinausgezögerten Tod eingetrocknet und geschrumpft ist, ein letztes Mal Lebewohl zu sagen.

Würde man ihn berühren, wäre er sicher eiskalt und unwiderruflich abweisend, in jedem Fall ohne irgendein Anzeichen oder einen Hauch von lebendiger Anwesenheit. Die jüngere Tochter berührt seine Hand, auch wenn sie weiß, dass Worte und Mitleid längst auf taube Ohren stoßen und sich nur noch scheinheilig an diese von allem und jedem verlassenen Überreste richten; und dennoch sind sie es, mittels derer wir unser Leben darstellen und außerhalb derer es keine Kommunikation gibt.

Die älteste Tochter wartet am Auto, sie will dieses Ableben nicht mehr zur Kenntnis nehmen, das sie doch längst mit anderen Mitteln außer Kraft gesetzt hat; im Übrigen hat sie nie gekünsteltes Mitleid gehegt und verabscheut den Tod.

Der Sohn begleitet seine Mutter und denkt daran, dass sie als nächste sterben wird; sehr wahrscheinlich denken sie beide dasselbe, während sie langsam und unsicheren Schrittes ins Sonnenlicht treten.

Die Schwiegertochter hat den Hund zum Trinken an den nahegelegenen Brunnen gebracht und hält ihn nun neben sich, während er das Kommen und Gehen auf der Suche nach seinem Frauchen beobachtet; es kommt zu Verzögerungen, weil noch auf eine andere Trauergemeinde gewartet werden muss, die sich nun endlich zusammenfindet und aufbricht; ohne abzuwarten betreten die Arbeiter die Totenkammer des Vaters, um den Sarg zu schließen: Überhaupt folgen diese Beerdigungen alle in genau berechneten Abständen aufeinander, denn in dieser kleinen Stadt tauschen die Bestattungsinstitute ihr Dienstpersonal untereinander, die Inhaber teilen jeder Familie und jedem Toten jedoch einen Betreuer zu, damit die Leichenwagen nicht nur von niederem Personal zum Friedhof geleitet werden.

Schließlich wird auch diese Totenkammer geräumt und auf dem Gang warten bereits die Reinigungs- und Desinfektionskräfte, die Gesichter der verbliebenen Angehörigen betrachtend: In streng festgelegter Reihenfolge fahren die Autos los, der Tote an der Spitze.

Man kehrt für die Messe in die Friedhofskirche ein, die kleine Gruppe der Familienmitglieder schreitet das Kirchenschiff entlang und stellt sich neben dem Sarg auf: Dieser ruht auf einer Totenbahre, die Auswahl des Kranzes hatte man der Agentur überlassen, und er macht nun im Zusammenspiel mit dem Trauerband der Familie eine hervorragende Figur; der Priester hebt die Arme und beginnt.

Die Kinder hören die Messe zum ersten Mal auf Italienisch, sie sind enttäuscht: Die Worte sind monoton und nicht besonders gewählt, die Aussagen banal. Vermutlich verfügt diese Familie über einen tief verwurzelten Hang, das Außergewöhnliche überzubewerten und es dem Alltäglichen gegenüber zu bevorzugen. Eine kurze Unruhe zieht auf, die sich aber schnell legt, sodass sich alle wieder sich selbst zuwenden; bloß die Schwiegertochter, die Protestantin ist, und der Schwiegersohn, dem es gelungen ist, Atheist zu werden, denken nicht daran, die rituellen Kniefälle und Beugungen zu vollziehen: Sie bleiben gesittet nebeneinander sitzen, ohne durch irgendetwas anderes verbunden zu sein als diese unbequeme Bank.

Die Mutter ist vermutlich die Einzige, die betet, und die gemeinsamen Erinnerungen sind nicht ausreichend, um für alle hörbar auf die feierliche Ansprache des Priesters zu antworten, sodass diese Aufgabe ihnen ausgerechnet von der unbekannten Stimme einer zufälligen Passantin im hinteren Teil der Kirche abgenommen wird: So bitten die Seelen der Toten um Einlass ins Paradies oder zumindest um Erlösung von der Hölle. Der tote Vater ist nur noch ein Sarg, niemand wird jemals wieder seine Gesichtszüge sehen, nicht einmal die leblosen.

Schließlich setzt sich der geduldige Priester in Bewegung, die Männer nehmen den Sarg auf und die Prozession erhebt sich von den Kirchenbänken, um sich auf menschliche Weise zu Fuß zum Friedhof zu begeben. Diese Familie ist kein Freund von Friedhöfen und beobachtet hier und da betroffen das offen zur Schau getragene Mitgefühl, das andere anderen Toten entgegenbringen.

Fast am Ende des Friedhofs, hinter den Alleen und Wegen, befindet sich der Bunker des Krematoriums; auch hier warten, obwohl sie nicht zu sehen sind, wohl versteckt in grauen Stahlbetonzellen und -kammern, Menschen auf Arbeit; der Sarg wird auf eine spezielle Schiebevorrichtung vor eine spärlich als Metalltür getarnte Luke gestellt, die vermutlich aus der Ferne gesteuert wird.

Hier versucht der Priester noch ein letztes Mal, wenigstens unter den Lebenden einen Anschein von Menschlichkeit zu erzeugen, einen Ausbruch von Anteilnahme, einen Funken von Trauer. Auf sich allein gestellt zelebriert er auf tragische Weise die Leere im Angesicht dieser Luke.

Aus unsichtbaren Lautsprechern ertönt nun Musik, die die Sinne endlich wieder für die Bedeutung dieses Augenblicks und dieser Zeremonie öffnet; hier durchläuft ein Mann seine allerletzte Station auf der Erde, von anderen eingekleidet und vor dem Einsetzen der Totenstarre ein letztes Mal in Stellung gebracht.

Dann öffnet sich die Luke und der Wagen gleitet mitsamt seinem Sarg hinein; ein Beamter hat sich bereitgehalten, den Kranz aufzuheben und zu bewahren, der nun senkrecht über der bereits geschlossenen Wandöffnung arrangiert ist; es ist Zeit zu gehen, die Arbeit, die es nun zu verrichten gilt, bedarf wieder der Einsamkeit. Der Vater verschwindet, ohne ein Wort zu sagen, für immer.

Hinter dem Krematorium und der Friedhofsmauer erheben sich die Platanen, unter denen die Autos im Schatten warten.

Der Hund sitzt aufrecht hinter dem Beifahrersitz auf der Rückbank: sein Platz, seit er in der Nähe des Bestattungsinstituts ins Auto gestiegen ist, und dort liegt er nun hinter der Mutter. Vergeblich hat die jüngere Tochter während der Fahrt versucht, ihn dazu zu bringen, sich auf den Boden zu legen; sonst gehorsam wollte er sich dieses Mal nicht wegbewegen.

So wird die Mutter schon am Vorabend recht behalten haben, als sie vorausgesehen hatte, was tatsächlich geschehen sollte: Genau so, wie sie jetzt, da sie mit kleinen Schritten bei strahlendem Sonnenschein den Friedhof verlässt und die Gräber betrachtet, zu denen sie bald zurückkehren wird, ohne sie jedoch je wiederzusehen, mit Sicherheit weiß, wie es kommen wird.

Dann wird die Familie endlich explodieren.

»Oder die Familie ist falsch.«

Alice Ceresas Poetik des Feminismus

»Das entscheidende Charakteristikum der Literatur ist es gerade, dass sie eine artifizielle Rekonstruktion vielleicht wirklicher, vielleicht realer, vielleicht möglicher Dinge ist, und zwar mittels der allerkünstlichsten Materie, die es gibt – nämlich der Sprache.«

(FIGLIA FRAGMENT)

Alice Ceresa, Schriftstellerin, Journalistin, Übersetzerin, geboren 1923 in Basel, gestorben 2001 in Rom, steht wie wenige Autorinnen für die Verbindung einer avantgardistischen und kompromisslosen Literatur mit den politischen und gesellschaftlichen Themen ihrer Zeit: Fragen zu Weiblichkeit und Feminismus, Untersuchungen zu Vaterland und Muttersprache, zu migrierenden Identitäten und Herkünften. Die Spannung zwischen der Normativität einer Gesellschaft, deren Sedimentierung im Sprechen und der kritischen Praxis einer Gegen-Erzählung, die das Undenkbare und Unaussprechliche sagbar macht, bestimmt ihr ganzes Werk.

Früh findet sich in Briefen und Notizen Ceresas der Vorsatz, ein Buch zu verfassen – auch wenn der Wunsch Schriftstellerin zu werden durch die Vorgabe des Vaters, die kantonale Handelsschule zu besuchen, aufgeschoben wird. Ceresa selbst scheint an ihrer Berufung nie gezweifelt zu haben.

1943 gelingt ihr mit dem Abdruck ihrer ersten Erzählung *Gli Altri* ein erster literarischer Erfolg.

1950 zieht sie, nach einem abgebrochenen Französischstudium in Lausanne und ersten journalistischen Ambitionen bei der Züricher *Weltwoche*, nach Rom, wendet sich endgültig dem Italienischen und der Literatur als der ihr eigentlichen Sprache zu und setzt so der *»partiellen Amputation«* (SILONE) der Geburt in eine fremde Sprache eine aktive Wahl des Nomadischen und Migrierenden entgegen.

In dieser angeborenen Verlorenheit (*prodigalità*) gründet die zutiefst individuelle und polyvalente Sprache Ceresas, *»eine ganz persönliche sprachliche Maske«* (RITRATTO), die ihr ebenso wie ihren literarischen Figuren Stimme und Gesicht gibt: *»Ich bin der tiefen und festen Überzeugung, dass die Zugehörigkeit zum eigenen Land im Wesentlichen sprachlicher Natur ist. Ich wurde zufällig bereits emigriert geboren. Ich nehme an, so bin ich auf ein Identitätsproblem gestoßen.«* (EMIGRATA)

In Italien ist sie Autor:innen der literarischen Avantgarde wie Alba de Céspedes, Elsa Morante oder der Gruppo 63 ebenso verbunden wie der feministischen Bewegung um Carla Lonzi.

1967 erscheint nach jahrelanger Arbeit und zahllosen Textentwürfen Ceresas erstes Buch *La figlia prodiga – Die verlorene Tochter*. Der außergewöhnliche Text bringt ihr im gleichen Jahr den renommierten Premio Viareggio und große Bewunderung innerhalb der italienischen Literaturszene ein.

Es ist vielleicht Ausdruck der Verweigerung aller gängigen Produktivitätslogiken, dass Alice Ceresa nach dem Erfolg des Erstlings und der ungeduldigen Erwartung ihres nächsten Buches zwar ohne Unterlass arbeitet – unter anderem an ihrem

Piccolo dizionario dell'inuguaglianza femminile – Kleines Wörterbuch der weiblichen Ungleichheit –, aber dennoch zwölf Jahre lang kein weiteres Buch veröffentlicht. Giorgio Manganelli beklagte: »*Wir erwarteten gespannt das zweite Buch. Voller Ungeduld [...] Aus den Jahren wurden Jahrzehnte.*« (RITRATTO) Italo Calvino schrieb anlässlich des Premio Viareggio an Ceresa »*Und das nächste? Ich kann es nicht erwarten, es zu lesen!*«. (CALVINO).

Ceresa sagte über sich selbst: »*Ich habe immer geschrieben und, wie ich feststellen muss, sehr wenig veröffentlicht, in einem ständigen Zustand der Krise*« (INTERVIEW). Dieser konstante Ausnahmezustand lässt sich jedoch nicht ausschließlich auf eine übertriebene Selbstkritik, oder die Härten des Geldverdienens zurückführen. Alice Ceresa hat das Schreiben ohne zu publizieren vielmehr zu einer Lebensentscheidung gemacht. Das Laboratorium und der Prozess, vielmehr als das abgeschlossene Werk sind die Modi ihrer Arbeit.

»*Ich habe festgestellt, dass ich kein durchgängiges Buch schreiben kann. Frauen sollten niemals abgeschlossene Bücher, beispielsweise Romane, schreiben; ich habe den starken Verdacht, dass diese anmaßende Form der ›Schöpfung‹, die ebenso trivial organisiert ist wie das Leben, das sie uns vorgeschrieben haben, ihnen nicht entspricht. Vielleicht sollten Frauen lieber Zaubertränke herstellen, wie Hexen. Ich für meinen Teil destilliere.*« (CAUSSE)

1979 erscheint in der von Alberto Moravia, Attilio Bertolucci und Enzo Siciliano herausgegebenen Zeitschrift *Nuovi Argomenti* schließlich doch der lang erwartete Text: *Der Tod des Vaters*, geschrieben nur ein Jahr nach dem tatsächlichen Tod ihres Vaters und zunächst als Auftragsarbeit für Radiotelevisione Svizzera (RSI) entstanden, wobei die Kapitel des Textes fast vollständig der Struktur der sechs Radioübertragungen entsprechen, die 1978 innerhalb weniger Tage ausgestrahlt wurden; nur die Kapitel sechs und sieben wurden in einer Sendung zusammengefasst. (BELLINELLI)

Die Handlung der kurzen, beinahe fantastischen Erzählung ist einfach umrissen und doch schwierig zu fassen: Eine Familie versammelt sich zur Beerdigung des Vaters. Der Patriarch ist tot, der Thron in der familiären Hierarchie unbesetzt. Und doch lebt er in ihren Köpfen und Körpern, in den sie umgebenden Räumen und Dingen weiter, bleiben die Mitglieder der Familie in den sinnentleerten Gesten und den Erinnerungen der vergangenen Gemeinschaft gefangen. In Ceresas Text ist die Hölle der bürgerlich-patriarchalen Familie eiskalt. Die väterliche Ordnung lebt als Phantom der Vergangenheit weit über das materielle Vergehen des Vaters hinaus fort, während die überlebenden Familienmitglieder, die beiden Töchter, die Mutter, der Sohn in ihren familiären wie gesellschaftlichen Rollen gefangen bleiben.

Der Tod des Vaters scheint im Werk der Autorin zunächst eine Sonderstellung einzunehmen: Außergewöhnlich knapp und für ihre Verhältnisse ungewöhnlich schnell entstanden, ist er auch die einzige literarische Auftragsarbeit in Ceresas Karriere.

Gerade weil der vorangegangene Tod des eigenen Vaters in besonderem Maße eine autobiografische Lesart nahelegt, muss an Ceresas aktive Abneigung allem Sentimentalen und Autobiographischen gegenüber erinnert werden. Zahlreiche Notizen bezeugen ihre tiefe Ablehnung jeder psychologisierenden Interpretation ihrer Texte. Auch wenn insbesondere die gelebte »*Bestürzung darüber, sich*« als Frau in einer männlich dominierten Gesellschaft »*nicht als vollwertiges menschliches Wesen betrachten zu können, eine einschneidende Erfahrung, die analysiert werden muss*«, (RITRATTO), all ihr Schreiben bestimmt, hegt sie, wie sie in einem späten Interview sagen wird, »*nie den Wunsch, meine eigene Geschichte zu erzählen. […] Ich habe das ›Ich‹ stets gemieden wie die Pest.*« (INTERVIEW)

So zielt ihr Schreiben nicht auf die Darstellung persönlicher Emotionen, subjektiver Erfahrungen und Nöte, sondern sucht das Individuelle dem Kreuzverhör eines kritischen literarischen Bewusstseins zu unterziehen, aus ihm das Material der gesellschaftlichen Hegemonien, Codes und Subjektivierungen herauszudestillieren.

Und doch ist es beinahe unmöglich, nicht auf die eindeutigen Verbindungen zwischen dem *Tod des Vaters* und Ceresas eigenem Leben zu verweisen: Der Vater steht in ihrer Jugend für das Verbot Schriftstellerin zu werden. Wie die Familie der Erzählung hatten auch Ceresas Eltern drei Kinder (Alice, ihre ältere Schwester und den jüngeren Bruder), auch sie mussten den frühen Tod eines älteren Sohnes verkraften. Zudem lassen die kontinuierlich qualmende Zigarette, die tröstende Hündin sowie das Abarbeiten an der Konzeption, Genese und Substituierung des Vaters und seines Begriffs sich als subtile Anzeichen ihrer Identifikation mit der jüngeren Tochter lesen.

Im Berner Archiv finden sich mehrere undatierte Entwürfe und Überarbeitungen, die einladen, den Text als hervorragendes Beispiel für Ceresas schriftstellerische Arbeitsweise zu betrachten. Aufschlussreich ist in dieser Hinsicht eine vermutlich frühe Fassung, die den Text noch aus der Ich-Perspektive der ältesten Tochter entwirft.

»Ich bin die älteste Tochter [...] Ich kann als einzige von dieser Familie und von mir als einem ihrer Mitglieder sprechen, ohne peinliches Schweigen oder selbstbezügliche Beschönigungen: unmöglich für meine Schwester, die sogar an ihrer eigenen Existenz zweifelt, und für meinen Bruder, der in der Lage ist, guten Gewissens noch seine Misserfolge in Siege umzuwandeln. Auf die Mutter kann man dabei nicht zählen, zurückgezogen wie sie ist in die Aufhebung aller Vergangenheit.« (ENTWURF PADRE I)

Schon trifft die Familienmitglieder ein kritisch-ironischer Blick, doch noch bleibt dieser in der arroganten Sichtweise der Ältesten verhaftet, die sich für objektiv hält, und der die auch mitfühlende Betrachtung der finalen Textfassung abgeht. Dort verfolgen wir, verfolgt uns *»die Intimität eines Wesens in der Gegenwart seiner selbst«*. (RITRATTO) Aber wir betrachten diese formal und von außen, ohne das auktoriale Subjekt identifizieren zu können. In der Erzählung des Nächsten, Innersten, Persönlichsten wird die Sprache immer abstrakter, macht uns schwindeln, indem sie noch ihre eigenen Grenzen, Regeln und Bedeutungen in Frage stellt.

Der Protagonist der Geschichte ist nicht der Vater, auch nicht das Ereignis seines Todes – beide liegen in der Vergangenheit, beschreiben eine Faktizität, die nichts auflöst, sondern bloß das Bestehende verstetigt. Protagonistin des Textes ist vielmehr die Sprache, dominiert und geleitet vom *Begriff* des Vaters,

Der reale Vater muss nicht überleben, um die von ihm repräsentierte patriarchale Idee zu bewahren. Während sein Körper der Dekomposition anheimfällt, verfolgen wir die literarische Genese seiner Konzeption und seiner endgültigen Metamorphose in ein Zeichen. Der Patriarch wird Haus,

Gesetz, Über-Vater. Anders als der vitale Vater in Ceresas 1994 publiziertem Text *Bambine*, der seine Herrschaft aktiv einfordert, ist die Figur des toten Vaters hier bloß materieller Träger einer sozialen Rolle, der er nicht entkommt, die ihn jedoch nicht länger benötigt. Sein Tod erscheint als »*ein Akt ohne Darsteller*«.

Die Beerdigung der sterblichen Überreste des Vaters, mit der der Text endet, wird zur feierlichen Performanz, der abschließenden Zeremonie eines Todes, den die Mitglieder der Familie »*doch längst mit anderen Mitteln außer Kraft gesetzt*« und durch ein viel mächtigeres, unbesiegbares Leben ersetzt haben. In der Aneignung, Verkörperung und Internalisierung der Figur des Vaters, die die Mitglieder der Familie vornehmen, halten sie ihn (und damit auch sich selbst) am Leben. »*Von Identifikation zu Identifikation wächst der Tyrann. [...] Er erhält ein Bild und damit sich selbst. So halten sich die Ausgegrenzten auf den Beinen.*« (ENTWURF PADRE II)

Die Familienmitglieder bestreiten diesen Prozess mittels unterschiedlichster Strategien der Identifikation. Die Mutter durch die Bewahrung des *ideellen Vaters* in den Trümmern ihres Geistes: Ihr ist der erinnerte und symbolische Vater schon lange Doppelgänger des lebendigen Ehemanns geworden; realer und näher als dieser. Die materielle Finalisierung seiner Abwesenheit wiederholt nur jene Geste des Abschieds, die sie geistig längst vollzogen hatte. Die erstgeborene Tochter hingegen hält den *genealogischen Vater* durch seine Einverleibung am Leben, belebt ihn wieder, indem sie seine Rolle übernimmt. Endlich kann sie »*dem verhassten Bild einer Tochter*« jenes des Herrschers selbst entgegensetzen, Selbsthass und Ungenügen in der perfekten Imitation und

Personifikation des Vaters auslöschen. Sein Verschwinden, dessen Chiffre der verwesende Körper ist, muss dabei aus dem Weg geschafft und verdrängt werden – steht es doch im Widerspruch zur Allmacht und Unendlichkeit seiner Konzeption. Der Sohn, der als einziger Mann nun endlich wieder (s)einen Platz in der Familie beanspruchen darf, trägt im Prinzip der *Filiation* die Rolle der Vaterschaft weiter. Für ihn, nun selbst Vater geworden, ist der Tod nur der finale Abschluss eines lange begonnenen Prozesses der Abnabelung und der Surrogation.

Die jüngere Tochter hingegen reflektiert auf »*die bereits vollzogene Substitution des lebenden durch den toten Vater, der sie von nun an immerzu begleiten wird*«. Sie konfrontiert sich mit dem *begrifflichen Vater* und bleibt entleert zurück. Ihre innere Reise gleicht dabei einem phänomenologischen oder erkenntnistheoretischen Traktat.

Die inhaltlich-subjektive Beschreibung der jüngeren Tochter kann so als Übersetzung von Ceresas schriftstellerischer, formaler *Praxis* gefasst werden. Zwischen *mise en abyme* und *Reenactment* stellt der Text sein *Sujet* zugleich performativ nach.

Hier tritt erneut die Methode des Destillierens in den Vordergrund: die Abstraktion, Fragmentierung, Dekontextualisierung von Erfahrung, die Transformation gelebter und empfundener Materialität mittels eines literarischen Intellekts. So tritt im Gewebe, in den Strukturen des Zusammenlebens die Familie als soziale Funktion zu Tage: Die perfekte Miniatur der Institution der patriarchalen Gesellschaft, denn »*diese familiären Beziehungen sind genau das, was die politische Verwaltung der Menschen aus ihnen macht: gesellschaftliche Beziehungen*« (ENTWURF PADRE II) Eine soziale Wirklichkeit, die

Individuen bloß qua ihrer Funktion (als Mutter, Gebärende, Frau oder Tochter – aber ebenso als Vater) betrachtet. Ceresas Text entwirft keine Charakterstudien, er zeichnet Stillleben und Interieurs, Rollenbilder, Marionetten und Figuren: »*Diese Puppen sind eindimensional, auf den Bildgrund skizziert haben sie keine Tiefe und bestehen letztlich bloß aus Konturen.*« (ebd.) Der wahrhaft kritische Gestus ihres Schreibens ist, dass der Tod des Patriarchen dieses Verhaftetsein nicht aufhebt, solange sich die Verbliebenen nicht selbst von der symbolischen Ordnung des Vaters lösen, »*deren Aufgabe es bekanntlich ist, die Familien auf gleiche Weise und alle Ewigkeit zu erhalten*« (FIGLIA); die Sprache als *Haus des Herrn* gegen sich zu wenden, um »*eine glaubwürdige Figur durch eine artifizielle, den konventionellen und ›wahrscheinlichen‹ Erzählstoff durch einen abstrakten Text* [zu ersetzen]«. (EMIGRATA)

Wer sind wir, wenn wir das Zentrum verlieren, das den Kern unseres »*Termitenhügels*« bildet, den Lektüreschlüssel, der unsere Welt und Anschauung, unser Sein und unseren subjektiven Selbstbezug bedingt und eröffnet?

Vielleicht nimmt die Verlorenheit (*prodigalità*) und Entleerung der jüngeren Tochter von der Beziehung zum Vater die Möglichkeit einer anderen Figur, eines Jenseits vorweg; eröffnet ihre verschwenderische (*prodiga*) Poetik eine Weiblichkeit außerhalb des Patriarchats. Im Spiel zwischen innerem Monolog und sozialem Diskurs öffnet sich die Leerstelle der Literatur auf ein unbekanntes Experimentierfeld. Die Sprache, dieses patriarchale *Haus des Herrn*, ist für Ceresa stets Vater-Sprache. Im Zerfall dieses »*monströse(n) organische(n) Bild(s) eines Vaters aus Mauern und*

Stein«, in dessen künstlichen Bauch die Familie zur Ruhe gebettet ist, scheint in – oder jenseits – der Mutter-Sprache ein neuer weiblicher Diskurs auf: »*Das Haus des Vaters zu betrachten bedeutet, sich an der Vergangenheit zu orientieren; die Zukunft, und wenn sie gelingt, auch die Gegenwart, liegen genau auf der entgegengesetzten Seite.*« (Entwurf Padre III) Aber was bedeutet es, sich an der Zukunft zu orientieren? Welchen Horizont eröffnen der Tod des Vaters und seine Erzählung? Den Schlüssel zu dieser Frage scheint Ceresa selbst zu liefern, indem sie zu Beginn und Ende ihrer Erzählung zwei radikal divergierende Konzepte des Todes miteinander kontrastieren lässt.

Während der Tod des Vaters zu Beginn als arretierende und sedimentierende »*ferne Vergletscherung*« beschrieben wird, die bloß zur unendlichen Wiederholung des ewig Gleichen, zur Naturalisierung absolut willkürlicher, aber durch Gewohnheit notwendig gewordener Normen führt, bietet der Tod der Mutter – mit dessen Möglichkeit die Erzählung endet – einen öffnenden Blick in die Zukunft. Ein Akt der Zerstörung und der Abschaffung bestehender Ordnungen. Die abschließenden Sätze des Textes besiegeln nicht den Tod des Vaters, sondern deuten die Möglichkeit eines Endes der patriarchalen Familie durch die Mutter an: »*Dann wird die Familie endlich explodieren*«.

»*Die Aufhebung aller Vergangenheit*«, deren Repräsentantin die Mutter ist, muss dann völlig neu gelesen werden. Nicht als Bewahrung, sondern als Disruption, als ein Außer-Kraft-Setzen, das neue Räume eröffnet. Ceresa selbst sagte, der Tod der Mutter sei von völlig anderer Natur als der des Vaters. Zahlreiche Entwürfe und Notizen aus dem Nachlass sowie Ceresas unbeendete Arbeit an der Erzählung *Der Tod der Mutter* bezeugen ihren Versuch, diesen zu erzählen, die Mutter, ebenso wie die verlorenen Töchter aus ihrer gesellschaftlichen Rolle heraustreten, die Familie endgültig explodieren zu lassen.

»Wir wissen sehr wenig über die Familie, darüber, was sie ist, was sie sein sollte, was sie sein könnte. Aber wir können klar sehen, warum sie ist, wie sie ist. Paradoxerweise können wir heute höchstens eines mit Sicherheit sagen: Wenn die Familie Gefahr läuft zusammenzubrechen, wenn sie nicht länger auf der wirtschaftlichen und psychologischen Unterwerfung der Frauen als Mütter und brave Arbeiterinnen beruhen kann, dann muss dies eines von zwei Dingen bedeuten: Entweder ist die Mutter, die Ehefrau und geduldige Arbeiterin die Familie – dann ist nicht einzusehen, warum sie einen Herrn haben sollte – oder die Familie ist falsch.«
(FEMMINISTA)

Die Familie, die patriarchale Gesellschaft, die Normierung von Subjektivität und Sprache, die Ceresas literarisches Schaffen bestimmen, sind auch heute nicht begraben. Vielleicht haben wir den Patriarchen getötet, aber haben wir begonnen, unsere eigenen Geschichten zu schreiben? Wissen wir, was verlorene Töchter sein könnten? Wie eine Figur jenseits sozialer Definitionen von »Mann« und »Frau« aussehen könnte?

Es gilt zu untersuchen, wo mögliche Anknüpfungspunkte zwischen dem feministisch-kritischen Gestus Ceresas und aktuellen Problemstellungen verlaufen. Wie wir der Überschreitung folgen können, auf der Alice Ceresa uns vorausgeht. Sicher ist, dass diese »Haltung« stets nur unter der Bedingung zu Tage tritt, dass Politik auch *Poiesis*, auch *Poietik* wird – bereit ist, sich zu verlieren und zu verschwenden.

Der *Tod des Vaters* ist weder Nachfolger noch Folge der *Verlorenen Tochter*; als Grund und Herkunft dieser Möglichkeit des Unmöglichen, dieses radikalen sprachlichen wie politischen Aktes, ist er aber auch kein Garant ihrer Realisierung.

Es ist an uns, Alice Ceresa auf diesem Weg zu folgen, ihn weiterzugehen und fortzuschreiben. Dieser militante Akt der Literatur ist heute so nötig und aktuell wie nie.

»*Der gesunde Menschenverstand würde sagen,*
verlorene Töchter gibt *es nicht, sie* werden *gemacht.*« (Figlia)

Wir danken dem Schweizerischen Literaturarchiv Bern, allen voran Ilaria Macera, für die Überlassung der Rechte und die freundliche Unterstützung des Projekts. Tatiana Crivelli für ihren stets unschätzbaren Rat. Ihnen und Giovanna Cordibella für ihre Hilfe, Großzügigkeit und ihr Vertrauen. Den Ceresianer:Innen, den verlorenen Töchtern (und toten Vätern) auf deren Wissen und gemeinsamen Denken dieses Buch gründet. Patrizia Zappa Mulas, deren Vorwort zur italienischen Ausgabe des Textes uns nicht nur Einlass in das Werk, sondern auch ein anderes »Bild von Alice« eröffnete.

Dank gilt auch Michael Heitz für seine Überzeugung, dass Alice Ceresa »*gelesen werden muss*« und sein Vertrauen in diese Poetik der Verlorenheit und der Verschwendung.

Marie Glassl, August 2024

Literatur

BAMBINE — Alice Ceresa, *Bambine*, Turin, 1990. Ceresas letztes publiziertes Buch brachte ihr auch international Anerkennung ein. Eine deutsche Übersetzung von Maja Pflug ist erschienen als: *Bambine: Geschichte einer Kindheit*, Wettingen, 1997.

BELLINELLI — Briefwechsel von ca. Sept. 1977 bis März 1978. Der Tessiner Autor und Journalist Eros Bellinelli hatte bereits 1977 Beiträge Ceresas für die Sendung *Carte e spartiti* beauftragt. Ceresa wählte dafür sechs Beiträge aus dem unpublizierten *Piccolo dizionario dell'inuguaglianza femminile*, die 1978 im RSI ausgestrahlt wurden. Die von Ketty Fusco gelesenen Beiträge zum *Tod des Vaters* weichen dabei nur minimal von der 1979 publizierten Textversion ab. Schweizerisches Literaturarchiv Bern B-2-BEL.

CALVINO — Brief Italo Calvinos vom 16.07.1967 an Alice Ceresa mit Glückwünschen zur Verleihung des Premio Viareggio kurz nach der Publikation von *La figlia prodiga* bei Einaudi. Bereits 1965 wurde in der von Calvino und Elio Vittorini herausgegebenen Zeitschrift *Il Menabò* ein erster Ausschnitt der *Figlia* veröffentlicht. Schweizerisches Literaturarchiv Bern B-2-CAL.

CAUSSE — Brief Ceresas vom 20.5.1976 an die befreundete Aktivistin, Übersetzerin und Autorin Michèle Causse. Causse publizierte u.a. 1977 in *Écrits, voix d'Italie* mehrere Einträge aus Ceresas *Kleinem Wörterbuch* auf Französisch. Schweizerisches Literaturarchiv Bern B-3-CAU.

Silone — Brief Ceresas vom 09.12.1950 an Ignazio Silone, Journalist, Schriftsteller, Antifaschist und großer Unterstützer Ceresas. Er berief sie nach seiner Rückkehr aus dem Schweizer Exil 1950 nach Rom, wo sie u.a. als Autorin für seine Zeitung *Tempo presente* arbeitete. Schweizerisches Literaturarchiv Bern B-2-SIL.

Figlia — Alice Ceresa, *La figlia prodiga*, Turin 1967. Ich beziehe mich in der Zitation der *Figlia* durchgängig auf die 1967 bei Einaudi erschienene und nach den formalen Wünschen der Autorin publizierte Textversion. Die späteren Editionen stellen die *a-capo* (die von Ceresa hinzugefügten Zeilenumbrüche) nicht durchweg korrekt dar. Eine deutsche Übersetzung des Textes ist bei DIAPHANES in Vorbereitung: Alice Ceresa, *Die verlorene Tochter*, übersetzt von Marie Glassl, Zürich 2025.

Figlia Fragment — Alice Ceresa, »Della letteratura come dialettica. Frammento di ›La figlia prodiga‹«, in: *The New Morality*, 13–15, 1964/1965, S. 72. Fragment einer früheren Version der *Figlia*. Der Textentwurf weicht dabei an entscheidenden Stellen von der finalen Textfassung von 1967 ab. Auch die hier zitierte Stelle wurde später von der Autorin modifiziert, ähnliche Überlegungen finden sich aber auch in der Fassung von 1967 wieder.

Femminista — Alice Ceresa, *Che cosa è una femminista?* Transkript verstreuter Notizen anlässlich des 10. Todestags Ceresas (Rom, 2011), die Notizen sind vermutlich im Zusammenhang mit einer Sendung des Schweizer Fernsehens entstanden. Schweizerisches Literaturarchiv Bern A-5-b/26.

Gli Altri — Alice Ceresa, *Gli Altri*. Ceresas erste publizierte Erzählung. Erschienen in: *Svizzera italiana*, 1943. Schweizerisches Literaturarchiv Bern A-1-a/1.

Interview — Interview mit Alice Ceresa zum Erscheinen von *Bambine*. Zitiert nach Patrizia Zappa Mulas in: Alice Ceresa, *La morte del padre*, Milano, 2022, S. 16. Das Selbstbild Ceresas findet sich auch in einem Brief an Rosetta Loy: Schweizerisches Literaturarchiv Bern D-3-d-01-1/23.

RITRATTO — Patrizia Zappa Mulas, »Ritratto di Alice«, Vorwort zu Alice Ceresa, *La morte del padre*, Milano, 2022.

ENTWURF PADRE — Sammlung mehrerer kurzer (vermutlich früher) Textfassungen und Anmerkungen Ceresas zum *Tod des Vaters*. Schweizerisches Literaturarchiv Bern A-1-a/4-1.

I — Kurzer Textentwurf, teils in Form einer Ich-Erzählung aus der Sicht der ältesten Tochter geschrieben. Es handelt sich dabei vermutlich um eine sehr frühe Bearbeitung des Todes des Vaters.

II — Ca. 50 Seiten sehr heterogener Notizen. Noch immer sehr stark auf die Figur der ältesten Tochter konzentriert, spielen hier die *pupazzi*, die Puppen, Identifikationen und Rollenbilder des Vaters und der Familienmitglieder eine große Rolle. Ceresa entwickelt hier ebenfalls bereits die Verbindung zwischen ideell-symbolischen Bildern, Erinnerungen und der Materialität der Charaktere. Auch die Paare Taktilität/Wissen, Licht/Dunkelheit sowie Familie/Gesellschaft tauchen hier bereits auf.

III — Knappe Notiz zum Haus des Vaters *(casa paterna)*, dessen materiellen und monetären Wert *(valore)* sowie der Verschuldung *(debito)*, die dieses mit sich bringt. Zudem Reflektionen über die Substitution des Vaters durch den Ehemann der ältesten Tochter.

DIZIONARIO — Alice Ceresa, *Piccolo dizionario dell'inuguaglianza femminile*. Posthum herausgegeben von Tatiana Crivelli, Milano, 2008. Auf Deutsch erschienen als: Alice Ceresa, *Kleines Wörterbuch der weiblichen Ungleichheit*, übersetzt von Sabine Schulz, Zürich-Berlin, 2024.

EMIGRATA — Alice Ceresa, »Nascere già emigrata«, in: *Tuttestorie*, November 1994, Nr. 2, S. 38f. Schweizerisches Literaturarchiv Bern A-5-b/15.

Italienische Ausgabe: *La morte del padre*, Milano 2022
© Schweizerisches Literaturarchiv Bern

Questo libro è stato tradotto grazie ad un contributo alla traduzione assegnato dal Ministero degli Affari Esteri e della Cooperazione Internazionale italiano.
Die Übersetzung dieses Buches wurde durch das italienische Ministerium für auswärtige Angelegenheiten und internationale Zusammenarbeit gefördert.

1. Auflage 2024
© DIAPHANES, Zürich-Berlin
Alle Rechte vorbehalten
ISBN 978-3-0358-0692-2

Titelfoto: Porträt Alice Ceresa,
© Schweizerisches Literaturarchiv Bern, C-3-b/0.

Satz und Layout: 2edit, Zürich
Druck: Steinmeier, Deiningen

www.diaphanes.net